雫町ジュークボックス

杉村　修

0「雫町ジュークボックス」プロローグ

俺は雨が降っている中、一軒の「バー」に立ち寄った。
ここの「バー」は初めてだったか……
いや、前にも来たことがある。
俺は傘を閉じ、洒落た白い外観の「バー」へ入ることにする。
入るとそこは、こじんまりとしている「バー」だった。
ちょうどマスターが、一人でカウンターに背を向け、棚の酒を並べ替えている。
「いらっしゃいませ」

彼は俺に気づくと、穏やかに接客を始めた。

俺はカウンター端の椅子に座る。

「ふう」

と胸をなでおろした時だった。

隣に古めかしいジュークボックスが置いてあるのに気が付いた。

ジュークボックスとは色んなシングルレコードが入っていて様々な曲を聞くことができる機械だ。

「マスター。珍しいですね。今時ジュークボックスなんて」

「聞いてみますか?」

「えっ、これ動くの?」

「ええ、もちろん」

「じゃあ、お願いします」

マスターはジュークボックスまで静かに歩き。

見たことのない硬貨を一枚中に入れた。

（あれ、どうしたんだろ……）

「それではごゆっくりと……」

急に眠気が襲ってくる。

「駄目だ眠い」そのまま意識が途切れた。

目次

1 『ベッドタウン』ＳＦ 9
2 『過去日記』恋愛 21
3 『始まりは雪のように』青春 36
4 『水龍伝説』ライトミステリー 47
5 『色づく人生をもう一度』現代ドラマ 69
6 『僕の星、どうだろう』ＳＦ童話 113
7 『じゃがたくら伝説』民話・原文のまま 142

8 『雫町ジュークボックス』エピローグ　146
あとがき　149
プロフィール　150

1 『ベッドタウン』SF

俺の住む町『雫タウン』は、隣町『ヤハタウン』のベッドタウンと化している。

なぜベッドタウンと化したのか。

それはヤハタウンが国の政策事業である最先端技術都市構想の恩恵を受けたからだ。おかげで、こんな地方の田舎にも多くの研究者、技術者たちがヤハタウンに押し寄せて来るようになった。そこで、研究者たちの住む町として国から指定されたのが雫タウンだった。

では最先端技術とはどういったものか。それはＡＩを使った交通整理。住民の健康診断を集めたデータを基にした病院の待合人数の効率化。そしてな

により も驚くべきなのはアンドロイドに関する研究だった。

特にアンドロイド研究だけは極端に進み、ここ数年で今の時代にそぐわないものにまでなっていた。立役者はベレス・シュタイン。ヤハタウンの構想が始まってからずっとこの土地に留まっているアンドロイド研究者。ベレスはまるで時計の歴史を数百年縮めた、アブラアン＝ルイ・ブレゲのようにアンドロイド研究をとてつもないスピードで押し進めてきた人物だ。

そんなベレスがこよなく愛した町それがここ雫タウンだった。

「新里〜いくよ？」

「わかった」

声が聞こえたので、俺は家のドアを開ける。すると女性が傘を持って立っていた。

この黒髪ハーフの子こそ、ベレス・シュタインその人である。

年齢は二十二歳。見た目は俺より年下に見えるだろう。

そして、彼女はツクモコミュニティの住人でもある。

ちなみに、俺は彼女の助手、新里だ。

「ねえ、新里?」

「なんですか」

「アンドロイドは人の役に立つのかしら」

「そのためのアンドロイドでしょう」

「まあね」

停留所で待っていると研究所行きのバスが来た。俺とベレスはバスに乗り、いつもの席に着いた。

「リサ112。今日は夢を見た?」

「いえ、博士。見ておりません」

「そう」

運転手はアンドロイド「リサ112」。ベレスが作った二人目のアンドロイドだ。

「博士、今日は南昌山が曇っております」

「そうね」

「降水確率も高いようです」

「そうね」

「大雨になりそうです」

「そうね」

ベレスはいつも「そうね」しか言わない。

結果、リサは黙りこんでしまった。

南昌山は確かに曇っていた。というより土砂降りの雨だった。

「危ないわね……」

「えっ？」

「リサ！　今すぐ引き返しなさい！」

突然、ベレスは声を上げた。

何事かと俺は目を丸くする。

雫タウンからヤハタウンまでの道中、トンネル近くでリサは車を急にとめた。

瞬間、ごおおおという音と共に、目の前で土砂崩れが起きる。

博士の声とリサの機転の良さに間一髪のところで、俺たちは助かった。

「博士はここでお待ちください」

安全地帯に車を避難させ、俺とリサは外に出る。出るとすぐにリサは前の道路に、俺は後ろの道路の状況を見に行った。

少し歩くと道路が樹木と土砂で塞がっていた。俺はそれを見て戻ることにする。

「新里。前は土砂で動けません。五十二の団体に報告しておきました」

戻ると、リサは雨具と傘を差しながら俺に告げた。

「了解。後ろもダメだ。とりあえず博士だけでも……な」

ベレスは世界の宝であり何者にも代えることはできない。

俺でさえそれはわかっている。

リサも同じことを考えているだろう。

さて、それよりもこれからどうするべきか……

まあ、できることは限られている。一人は外で待機、もう一人はバスの中でベレスと一緒に助けを待つかだ。

とりあえず、最初は俺が外で災害の範囲と外との連絡を取り合うことにした。

そこへ通信が入った。

『新里』

「はい」

『ベレス博士の命を何よりも優先しろ』

「はい」

『お前はアンドロイドだ。人類のために少しは役立て』

「はい」

そう、俺『新里101』は博士に最初に作られたアンドロイドだった。

午前十一時、雨脚は弱くならない。おまけに救助は難航している模様、災害救助ヘリを飛ばすにしてもこの天気と、急勾配な山々の間にいるので助けが来ることはまずないだろう。

「新里」

通信でバスの中にいるリサから連絡が入った。

「博士の容体が！」

「っ……」

俺は急いでバスまで走った。

雨が顔にへばりつくが気にしている場合ではない。

バスのドアを開けるとベレスが苦しそうにしていた。

もちろん隣にはリサがいる。

「状態は」

「発熱と若干の咳をしています」

俺は眼で彼女の体温をみる。

「三十八度か……」

次に症状から何の病気かを数千のサンプルデータの中から検索をかける。

モノクロの丸い病原体が目に映った。

「インフルエンザが九十八パーセントか」

「どうしますか？」

「抗インフルエンザウイルス薬を使用し寝かせよう」

「わかりました」

リサは後ろから医療キットを取り出す。

俺たちアンドロイドは医者ではないが特殊な条件下では治療にあたることができる。

「新里、治療が終わりました」

「了解」

すると、ベレスは小声で「ありがとう」と言った。

「はいはい、ゆっくり休んでくださいね」

俺は医療キットを元の場所に戻すためバスの後ろへと向かった。

「ねえ、新里?」

「なんだリサ」

「私たちは人間のために存在している」

「そうだな」

「神から感謝されるのも悪くはないですね」

神とは、ベレスのことだろう。

少しだけ……少しだけだが、僕たちも人間のように心を持てたような気がした。

十二時二十四分二十三秒。この時、通信が入った。

雫タウン側から道路の土砂を片付けたという報告だった。

「行くぞリサ」

「はい」

俺たちは雫タウンのほうにバスを走らせた。

天気のほうも少しだけよくなっているようだ。

午前に歩いてきたときには道をふさいでいた大きな樹も取り除かれていた。

リサはバスを止めた。そこには多くの作業者がいた。すぐに救急車から救急隊員がバスに入り、速やかにベレスを運んでいく。

「ご苦労だった」

その日は俺たちも研究所を休んだ。


一週間後。俺とリサは病院まできていた。

彼女のいる部屋は特別な部屋だ。

手を洗い、消毒液で除菌してからノックをした。

「はい、はーい」

俺とリサは病室の中へと入る。

「来たわね」

「ベレス博士お元気そうで何よりです」

「さあ、入って入って」

彼女はベッドに横になっていたが、笑顔だった。

「あんたたちよくやった！　よくあたしを助けた」

何故喜んでいたのか皆目見当もつかない。

「おめでとう。新里、リサあなたたちは最高の働きをしたわ」

「どういうことですか？」

彼女はふふふと笑い。

「気付かなかった？　あんたたち二人は初めて自分で考えて人間を助けたのよ」

あっ、そういえば、そうかもしれない。

「だからね。二人ともきて……」

彼女に近づいた。何をするつもりだろう。

すると、ベレスは俺とリサを抱きしめた。

『ありがとうね』

俺とリサは幾分か困りながら、ベレスは泣き笑いをしながら、長く長く俺たちアンドロイドを抱きしめていた。

2 『過去日記』恋愛

『今日も、雫町の一本桜は綺麗に咲いています。裕子、あなたと共に過ごした日々は今も忘れておりません。

実はあなたにお伝えしたいことがあります。それはあなたにお話することがもうなにも無くなってしまったことです。ですので僕は今から過去に向かおうと思います。

もしあなたの言ったとおり過去に向かうことができれば今度は……』

僕が『四月二十五日の日付』と『二人の名前』をノートの最後に書いているのには理由がある。

『今』僕は嗚咽を漏らしながら日記を書いている。愛していた妻が死んで、もう何年になるかわからない。

「さて……」

それが終わると、僕は眠りについた。

『大切なことを日記に書くとね。過去まで遡ってその思いを運んでくれるの。だから日記の最後には必ずこう書くんだよ……思いを告げたい過去の日付と私たちの名前』

あれは彼女が死ぬ時の話だ。

『私ね……楽しかった。今度は幸せになろ』

そう言い残して彼女は逝った。僕は最後まで手を握りしめながら静かに泣いていた。

彼女の体調が悪化したのは前日である。夜中に病院からの連絡を受けて彼女の元へと向かった。

病室に着くと、すでに家族が集まっており、彼女の母は手をしっかりと握って祐子を呼んでいた。

僕はどこかでまだ彼女は死なない。絶対に助かるものだと思っていた。

何故なら昨日までは元気であったから……


二日前。

「ねえコウちゃん?」

「んっ?」

僕は彼女に呼ばれるまでベッドに備え付けられている椅子で本を読んでいた。

「あの約束覚えてる?」

読んでいた本を閉じた。病室は個室で他には誰もいない。

「日記な。待ってな。今だすから」

手提げ鞄から日記を取り出す。黄緑色のノートだ。丁寧に『過去日記』と書いてある。

彼女は僕の手をやせた手で握って、それから笑顔で日記を受け取った。

「祐子？」

「なーに？」

今まで読んでいたスピリチュアル系の本の表紙を見せた。

「昨日くれたこの本にさ、『思い』は過去に向けて飛ばすことができるって書いてあるんだけど」

「そうだよ。今話題だよ？」

「過去日記？」

「そう過去日記」

「今俺たちがやってることだよな？」

「そうだよ。今気付いたの？」

「うん」

「だから、しっかり書いてね」

「わかった」

するると、彼女はそのまま眠ってしまった。食後のクスリが効いてきたのだろう。電源が切れるように眠りにつく。どうやら少し疲れているようだった。

僕はその日、家に帰ってから過去日記のことを調べた。

過去日記とは、自分たちの今の状況を過去に知らせるツールのことである。日記といっても、ノートや手紙、ブログでもなんでもいい。問題は書いた内容ではなく、その時の『思い』を過去の自分に知らせるというものだ。そして過去に送るためには、あることを書き加えなくてはならない……

それは思いを伝えたい過去の日付と自分達の名前。とてもスピリチュアルな話である。


一週間前。

僕は病室で彼女と雑談をしていた。

「ねえコウちゃん？」

「ん？」

僕はいつものように椅子に腰掛けて彼女の話を聞いている。

「仕事の方は大丈夫？」

彼女は自分の心配ではなく僕の心配をしてくれた。今の季節は夏である。太陽と青空が広がり、白い雲がゆったりと流れていた。しかし、病室は快適な涼しさである。

「うーん、ぼちぼち」

「そう……」

どこか寂しそうだ。

「……」

外を見ると子供達が遊んでいた。お見舞いだろうか。二人は兄弟のようである。

「ねえ、持ってきてくれた？」

祐子は外を見ている僕に話しかけた。

「大丈夫だよ」

鞄の中を開け、目的のものを探す。

(あった)

僕はノートを彼女に取り出して渡した。

「ふふ」

「なんだよ」

僕の顔が赤くなった気がした。

「ごめんごめん」

僕はそんな彼女の子供のような笑顔が好きだった。


二週間前。

僕は彼女の車イスを押し、病院の外を散歩していた。

「なあ、祐子……」

僕達は外のベンチ近くで休むことにする。

「ん？」

「今日の日記」

僕は彼女に黄緑色のノートを渡した。

「ええ、今渡す～？」

「わ……悪い。病室に着いたらまた渡し直す」

「もう、見せて」

「は？」

「見せて！」

彼女は僕の持っていたノートを奪い取った。

「声に出して読んでもいい？」

「いや！　無理無理無理！」

「嘘だよ。でも声に出さないで読むのだったらありでしょ？」

「まあ、うん」

祐子は自分の口を手で隠した。どうやら笑いをこらえているらしい。

「性格わるいな」

「コウちゃんが物静かなだけだよ」

彼女は僕のそんな表情を見て、また笑った。


三週間前。

僕は病院を訪れていた。

「大丈夫か？　祐子？」

「大丈夫だよ」

この日、僕達は新しい病院へと移動した。

これから始まるのは『終末期医療』というものだ。

彼女の余命は一ヶ月。聞かされた時は頭が真っ白になった。

だけど、いつかはこの日がくるんだろうと心の中ではわかっていた。

「今日からこの病室なんだね」

「窓側か」

「ね！　いいよね！」

彼女はうれしそうだ。僕はふと思い出す。

「なあ、こっちに来てからも続けるのか？」

「あたりまえ！」

例の日記のことだ。僕達はこの一週間、毎日、日記を送り合っている。何の意味があるかはわからない。だけど祐子の最後の頼みであれば、絶対にかなえてやりたかった。ただ、僕達は少しだけ変わった日記のやり取りをしている。

「なんでそんな嫌がるの？」

「あ……いや……恥ずかしいし……」

俯いてしまう。

「恥ずかしくない！」

彼女は少し声を上げて僕を真っ直ぐ見つめる。

「うっ」

「はい！　今日の日記だして」

僕は鞄から今日のノートを出す。

まるで小学校の先生のようである。そういえば小学校の時は日記書いてたな。僕はそんなことを思い出していた。


一ヶ月前。

「コウちゃん……私ね、正直怖い……」

僕はベッドで横になっている彼女の手をさすっていた。

「わかってる」

「わかってないよ……だって死ぬんだよ？」

祐子はベッドの上で仰向けになり、僕のほうを見る。

そんな彼女は泣いていた……

僕は静かにそれを見ていることしかできなかった。

泣き終わると彼女はこんなことを言う。

「だからね」

「ん？」

「最後に、コウちゃんと交換日記がしたいな」

病室に風が入ってきた。彼女は精一杯の笑顔を見せる。

「なんで交換日記？」

「コウちゃんと幸せになりたいから」

表情が少しやわらかになる。

「どういう感じで書けばいい？」

「小説みたいなのでもいいよ」

なんでもありだそうだ。何故か僕はこうなることを知っているようだった。

「この日記はね……過去まで届くの」

「未来じゃなく？」

「うん。もし届いたらね、今度こそ……」

よくわからなかったが、彼女は微笑んでいた。

一年前。

今日も朝からガンガンと頭が痛い。最近嫌な夢ばかり見る。それが正夢になるかわからなかったけど、何故かとても大事な気がした。

「祐子、がん検診は受けてくれ」

自宅のリビングで僕は日記を書いていた。祐子はソファーに座り紅茶を飲んでいる。

「まだ若いんだから大丈夫だよ」

「だめだ。しっかり受けること」

彼女と結婚して一年になる。

「なんだか今日のコウちゃん怖いよ。どうしたの?」

「あたりまえだ!　だって……」

「だって?」

「僕は未来から……ん?」

「未来から？」

「いや……なんでもない」

じゃあ明日は一本桜でも見に行く？

じゃあ明日は一本桜でも見に行く？

じゃあ明日は一本桜でも見に行く？

そうだねそうしようか
そうだねそうしようか
そうだねそうしようか
『わかった。じゃあ明日は病院に行くね』

「え？」

僕の頬を涙が伝う。

「ど、どうしたの！」

「い、いや。なんだかわからないけど涙が……」

「もう～大丈夫？」

今日、僕達の運命は変わった。

3『始まりは雪のように』青春

「ナイタースキーどうするの？」

と、楓に話しかけられた。現在、ふたりで旅館のロビーにいる。

俺の目の前に座っているのは藤崎楓。幼なじみだ。幼稚園から大学までずっと一緒の学校に通った、親以外でいちばん俺のことをよく知っている『友人』でもある。

「俺はいいかな。それより早く温泉に入りたい」

俺たちは卒業旅行で岩手のスキー場を訪れていた。岩手山の近くにあるスキー場は迫力も規模も違う。

東京駅から新幹線に乗り、盛岡駅へ。そこからワゴン車をレンタルし、スキー場へと向かった。人数は八人。男性四人、女性四人である。

車内では大学の思い出話で大いに賑わった。

もしかしたら学生生活最後のイベントになるかもしれない。全員が何かを感じ取っていた。

この日のために、気合いを入れて旅行に参加している奴もいる。

これから新生活で忙しくなる。一人暮らしをするために地方や海外に行く奴もいた。俺もそんな一人である。

俺と楓がソファーに腰かけていると何人か人が近づいてきた。今日一緒に旅行に来た友人たちだ。

「あっ、楓さん、学君」

その中の一人である女性は俺たちに話しかける。

「瑞穂ちゃん！」

セミロングの髪型が似合うこの子の名前は大石瑞穂。俺の好きな女の子だ。

「楓ちゃんたちはナイターに行かないの？」

瑞穂たちはスキーウェアに着替えている。

「あ〜そうだね。行かない」

「そっか〜、それじゃ私は秋ちゃんたちと行ってくるね」

と言うと瑞穂たちは外に出て行った。

この旅館はスキー場に隣接しており、営業時間ギリギリまでウィンタースポーツを楽しめるようになっている。俺たちは今日の午前中に到着してからずっと、スノーボードやスキーを楽しんでいた。あいにく俺は初心者だったので、友達の比嘉からスノーボードの乗り方を教わっていた。ちなみに上達はしなかった。

「いいの？」

「ああ、いいんだよ」

俺は瑞穂に告白し振られてしまっていた。瑞穂にはすでに『彼氏』がいた。

そのことを知ってしまった今、この時間ですらも結構きついものがある……

「もう、元気出しなよ！　ほら部屋に戻ろ？」

「やっぱり嫌だ、戻りたくない」

「子どもか！」

楓は簡単に言うが、今の俺は重症患者だ。いつから好きだったのだろう。

そんなことを考えながら、瑞穂との過去を思い出していた。

「はあ……振られるってこんなにつらいんだな」

「……」

「ん？」

楓を見ると、彼女は黙って一枚のパンフレットを見つめていた。

「どうした？」

楓は何も応えずに、パンフレットを持ってフロントに向かった。

様子を見ていると、どうやら案内係の人と何か話をしているようだ。

しばらくすると、話が終わったのか、楓はこちらへ歩いてきた。

彼女は俺の前まで来ると、パンフレットを突き出し、言った。

「見に行くわよ」

「はあ？」

「じゃあ八時頃、ここでね。よろしく～」

と、彼女は俺に持っていたパンフレットを渡し「忘れるなよ」と、念を押してロビーを去っていった。


楓との話が終わると、俺は一度部屋に戻っていた。中には友人が一人いる。

「ショック？」

「まあな」

眼鏡をかけたひ弱そうな体型のこいつは喜多見。大学に入ってからの友人だ。大手の企業に就職を決めている。器量が良く頭も良い。

「学、いいことを教えてやる」

「ん？」

「灯台もと暗し」

「はあ？」

喜多見はニヤニヤしながらスマホでゲームを始めた。

少し気味が悪かったが、俺も駅ビルの本屋で買った宮沢賢治の『銀河鉄道の夜』を読み始める。

「喜多見は誰かに告白とかしないのか？」

「社会人になったら考えるよ」

「真面目だな」

「思ったより人生は長いよ？」

「そうか？　中年になると人生は短いとか聞くけどな」

「そうでもないさ」

そして時間が過ぎていく……

一時間後。俺と楓はロープウェーに乗って山を登っていた。

外は雪が降っている。夜の雪山は寒そうだ。

しかし、ロープウェーの中は恋人ばかり。全く暑苦しい……

今更だが、俺と楓の間には何もない。さすがにこの歳まで一緒にいると恋人とかではなく、むしろ家族に近いような感覚である。

ロープウェーのドアが開いた。他の客に混ざって俺たちも出ていく。

「寒い……」

外は冷えきっていた。

「ねえ？　学……」

「ん？」

「すごい雪よ？」

「ああ、そうだね」

生返事を返した直後、俺は気付いた。

今は『雪』など降っていない。

「見て？」

楓が夜空を指さした。それを見て俺は顔を上げる。

「お！」

つい声に出してしまった。

見上げると、白い星が『雪』のように『夜空』一面を輝かせていた。それはまさに絶景で、今にも降ってきそうだ。

あれは何という星だろう？　オリオン座はわかる。あの三つの星があるところだろ？　じゃああっちの星は何だろう？　くやしい。もっと星のことを勉強しておけば良かった。

「ね？　来て良かったでしょ？」

楓は俺を見て笑った。

ああ、そうか……俺は、こいつのこと……

「ねえ、あっち！」

今度は何だ？

「イルミネーションよ！」

楓は走っていく。見ていると途中でこけて尻餅をついた。

「いった〜」

「何してんだよ」

俺は笑っていた。そんな彼女が愛しく思えた。俺は近づき手を差し出す。

「早く行かなきゃ、終わっちまうぞ！」

「終わんないよ。ばか」

俺達はイルミネーションのトンネルに入っていく。青や緑色に光る姿は幻想的で感動すら覚えてしまう。

来て良かった。素直にそう思った。

ゆっくり見ているとパラパラと雪が降ってくる。

「あっ！」

「今度は何だよ！」

「町の光すごいよ」

イルミネーションの先に、今度は町の光が待っていた。山の上から見る麓の光景は、まるで生きているかのように光が点いたり消えたりする。車の光、町の光、とにかくよくわからない光まで俺達のもとへ届いている。まるで光の合図をするかのように。

「すげえ」

「元気出た？」

「ああ」

俺と楓はしばらくその光をぼーっと眺めていた。

ねえ、つきあってよ。

ああ。

俺たちの物語がようやく幕を上げる。

ありがとう。楓

どういたしまして。学

俺はきっと、この光景を忘れないだろう。

4『水龍伝説』ライトミステリー

ここは東北のとある町。

最近、この地方でも市町村の合併がとやかく騒がれるようになってきた。

少子高齢化のあおりを受け、様々な問題が浮き彫りとなり、福祉や医療といった行政サービスの縮小や各自治体による市民のことを考えない言動が問題視されることも珍しくはない。

それはあたりまえのように、この国の重要な問題点でもあった。

反対にこの「雫町」は、隣接する市町村との合併を拒み続けている。

それにはいくつかの理由があった。

第一に競技用ジャンプ台まで設置してある国際スキー場がある等、国内でも有数なスポーツ町として認識されていること。

第二に外国人向けの温泉施設等、海外に目を向けた観光をメインにし、各国の姉妹都市との連携を深めながら、観光都市として成り立っていること。

第三に福祉や医療等の行政サービスに強く力を入れていること。

第四に町に伝わる民話を生かし、呼び込んだ観光客相手に、語り部達が昔話を披露していること。

こういった点が上げられる。

中でも僕が興味あるのは、『第四』雫町に伝わる数多くの民話、伝説についてだった。


「はあ……」

僕達がこの町に来て、もう三日が過ぎた。

名前は里中和樹。大学で民俗学を専攻している。

今回、僕はゼミで提出する論文を仕上げるため、ここ雫町の民話や伝説について調べにきていた。

この町の民話や伝説は、東北地方の中でもかなり多い方だと思う。

「先輩、この荷物が重い……」

僕達は現在、山の中を歩いている。熊に注意という看板が僕の心を騒ぎ立てる。

「まったく……そういうのは男の子の仕事でしょ？」

先輩と呼んだ女性の名前は高橋桜という。

背は170センチ近くあり、モデルのような人である。

地方の民話や伝承に詳しくフットワークも軽い。しかし、研究好きのあまりもう何年も大学にいるという噂だ。

「そうですけど、この量はあまりにも……」

僕が背負うリュックの中にはふたり分の食料や道具が様々入っている。

「後輩君、これ見てどう思う？」

先輩は一冊の本を僕に見せた。

「水龍伝説ですか？」

「そうよ！」

彼女は本を僕の顔に押しつける。

(近い、近い！)

「私思うんだけどね。この土地の水龍伝説には何か秘密があると思うの」

「どういうことですか？」

僕達はまた山を登りはじめる。

「さあ、それを見つけるのが私達の仕事よ」

「はあ」

彼女の後ろをついていく。

そんな話をしながら、僕は最初にこの町に来たことを思い出していた。

僕達がこの町に訪れて最初にしたことは、民話や伝説関連の本を探すことだった。

いったいどんな民話や伝説が語り継がれているのか。

まずは、それを調べることからだった。

駅を出ると先輩から最初に資料館に行くと言われる。

僕としては初めてのフィールドワークであったため、何から始めていいのかわからなかった。そのため、恥ずかしながらこの行動について深く納得した。

途中、スマホで地図を見ながらなんとか資料館まで辿り着く。

中に入ると、さっそく町の民話や伝説の本を探す。

雫町関連本というコーナーに行くと、それらしい本がずらりと並んでいた。

ここから今回のテーマを決める。

普通はインターネットで、ある程度知識を深めてから現地調査に行くものだが、彼女が言うには、

『つまんないじゃない』

らしい。

まあ、僕としては手伝ってくれるだけでもありがたかったので、特に気にはしなかった。

今回の調査は彼女の趣味と僕の論文制作が合致した結果である。

飲み会の席で今回のことを話したことから、僕達の旅は始まった。

そんな僕達は現在、目的地に向かう道路を歩いている。

「山ですね」

「山ね」

僕達は歩き続ける。

「本当にあるんですか？　こんなところに神社なんて……」

「見つける前からあきらめるな～。私との約束よ」

「はい」

そこから数十分ほど歩いたところで、僕達はやっと神社を発見した。

『鶯岩神社』だ。

「やっと着いたわね」

「しんどい」

先輩が元気そうで何より……

僕は神社の近くにある樹木に背中を預け座り込む。

「たくさん水分取っておきなさい」

どうやら彼女は境内を調べる気らしい。

「疲れた～」

それから一休みして僕も調査に入った。

「せんぱーい！」

彼女を呼びながら神社の周りをデジカメで撮影しながら調べる。

すると、ちょうど裏手で彼女を見つけた。

「何か見つかりました？」

僕が走って近付くと、彼女は立て札の前にいた。

「ん？」

僕も彼女の前にある立て札を見る。

そこには、水龍伝説のことが書かれていた。

「なるほどね〜」

彼女はそう言うと、下にある沢へと降りていく。

「危ないですよ！」

僕もしかたなくついていくことにした。

「ねえ、後輩君？」

「はい？」

僕はぜーぜーと喉を鳴らす。

「さっきの立て札に書いてた物語は読んだわよね」

「そうですね。昔、水龍様が天から降りてきてこの地域をめちゃくちゃにしたとか」

僕はペットボトルのお茶を飲む。

「そう、そしてこの神社は水龍様の怒りを鎮めるためにできたという話……」

「どっかで聞いたことある話ですね」

これは昨日の話である。

水龍伝説にまつわる話を聞きに、語り部の人達が集まる交流センターに行っていた。

そこであることを耳にする。

一、このあたりで昔、大きな洪水があったこと。
二、雨期が近付くと沢の山肌が削れ、まるで龍が通ったようになること。
三、僕達が見つめる先の岩肌に雨の日になると滝ができること。

「つまり、目の前にあるこの滝を通って龍が天から降りてきたということですね」

「表側だけ見るとね。まあ六十点くらいかな」

「表側？　どういうことですか？」

「まだ何か隠されているということよ」

「気になりますね！　なんですか？」

と、僕が話している時だった。

「おーい！　誰かいるんか〜！」

神社の方で声がした。

僕達はいったん戻ることにする。神社に向かうと一人の男性が待っていた。

「すみません。見学していました！」

「ここはあぶねえとこだから注意しな。おめえさんらは学生さんかい？」

「大学生です」

僕は男性に事情を説明した。その後、僕達は男性の厚意により、帰りは車に乗せてもらうことになった。

ワゴン車の中。

「そうかい！　そうかい！　民俗学を」

車で僕達は男性と話をしていた。

「はい、その課題で調べに来たんです」

先輩はまるで大和撫子のように清らかに答える。

「でもこんな所まで来るとは、おめえさんらも大変だな～」

「といいますと？」

「あそこは昔、水龍様によって犠牲になった人達がわんさかいるんだわ」

「わんさか」

僕の背筋が凍る。

「それじゃあ幽霊とかも出るんですか？」

「ああ！　ここは心霊スポットだ！」

「はは……」

僕は乾いた声を出す。

（何怖がってるのよ）

隣にいた先輩に腕をつねられる。

「まあ、こういった伝説にはつきものですからね」

彼女は男性にさらっと言った。

「んで、何か発見はあったかい？」

突然、男性から話を振られた。

「はい！　銅とか？」

先輩は、そう答えた。

（銅？　そんな話したっけ……）

僕は眉をひそめる。

「まあ、昔々の話だ」

車内は静まりかえった。僕達は旅館まで送ってもらう。

旅館に着くと、男性にお礼を言い中に入った。

「はあ、こんなに荷物背負って歩いたのに……」

「それじゃあ、私は部屋に行くわね？」

先輩は僕の横を通り過ぎる。

「あ！　あの……銅ってなんですか？」

「女将さんから聞きなさい」

先輩は疲れた目をして答えた。

「あ……はい」

そのまま行ってしまった。

僕は部屋に荷物を置き、フロントに向かう。途中観光客の団体とすれ違った。よく見ると観光客らは青いパンフレットを握っていた。

階段を下りロビーへと向かう。

フロントのあるロビーは静かだった。赤い絨毯とソファーがレトロ感を醸し出す。

「あの～女将さんはいらっしゃいますか？」

「どういうご用件でしょうか？」

と聞かれたので、

「連れの高橋桜から、銅について聞くなら女将さんにと言われたもので」

と答えた。すると、

「かしこまりました。少々お待ち下さい」

と言われ、ロビーのソファーで待つことになった。

数分ほどで女将さんがやってくる。その顔を見た僕は驚いた。

「あ！　あれ？　女将さんって……昨日の？」

「はい、私が女将です。それと町の語り部をやらせてもらっております」

その人は昨日、僕達に水龍伝説を語ってくれた語り部の方だった。

「この町の水龍伝説は私の担当なんです」

「あ、そうだったんですね」

「ええ。ところで今日は鶯岩神社まで行かれたようで」

「はい！　しんどかったです」

僕は息を吐く。

「何か面白いことはわかりましたか？」

と聞いてきたので、

「一応謎らしき謎は解けましたが……」

「？」

「連れに六十点と言われまして」

「まあ！」

クスクスと女将さんは笑う。そこでいよいよ本題に入ることにした。

「すみません。銅って何ですか？」

「銅ですね」

「はい」

僕は一番気になっていることをまっさきに口にした。

「あそこあたりには昔、銅鉱山があったんです」

僕の目が開く。

「銅鉱山？　まさか今でも？」

「いえいえ、何百年も前の話ですよ。駅や資料館で見ませんでしたか？」

僕は資料館でのことを思い出す。

「あっ、そういえば昔は鉱山の町って書いてあったような……」

「天から降りてくる龍は滝のこと、この地域を破壊したのは洪水のこと」

それが、水龍伝説の正体。

「あの八岐大蛇伝説にもそういう逸話がありますね」

「そうですね」

途中、仲居さんがお茶を運んできてくれた。

「あの神社のあたりは、昔はよく銅が採れたようです。ですがもう何百年も前には採り尽くされてしまったようですが」

「なるほど」

僕はメモを取り始める。

「ある日、銅が採掘できなくなってから少し経ったあと、急に大雨が降り出したんです」

「それで洪水が？」

「そうです。採掘した後は、そのまま鉱山を放っておいたので中にあちこち空洞ができてしまったようですね」

　女将さんは静かに話す。

「それじゃあ、本当は大雨による鉱山の崩落が原因で山肌がむき出しになってしまったということですか？」

　女将さんは頷く。

「その後も大雨による崩落が長く続き、被害も拡大して伝説となってしまったというお話です」

「そうだったんですか。ありがとうございます」

「いえいえ。それと」

　最後に女将さんは青いパンフレットをくれた。

「これは？」

「私どもがやっているロープウェーのパンフレットになります。山の上から見る風景もいいですよ。フフフ」

　笑いながらその場を離れていった。

翌日。

僕と先輩はロープウェーに乗っていた。

せっかくだったので、最後の観光ついでにと山を登ることにしたのだ。

先輩が僕に寄りかかりながら眠っている。

数分もすると、山の上までやってきた。

「ふあ～」

先輩は眠そうだ。

「行きますよ先輩」

僕達は展望台まで歩く。

今日は晴れており、この町を一望できた。

「後輩君？　あそこあたりを望遠鏡で見てみなさい」

「あ、はい」

望遠鏡にお金を入れ先輩が指さした方を見てみる。そこで僕はあることに気が付いた。

「あ……」

ふっと声が漏れてしまう。

「クス」

隣にいた先輩は笑い、僕は驚く。それは何故かというと……

昨日、僕達のいた神社のあたりから茶色い山肌が見え、まるで『龍』のようにうねっていたからだ。

それを見て、僕は『なるほど』と納得する。しばし僕達はその風景を眺めていた。

「さっ。帰るよ。後輩君」

先輩はロープウェーまで戻ろうと歩き始める。

「待って下さいよ！」

僕は先輩の後ろまで走っていく。

「旅館に戻ったら、あの荷物まとめて帰る準備始めるわよ！」

どうやら彼女の目はすっかり覚めたらしい。

「嫌ですよ！　寝袋とか全く使わなかったじゃないですか！」

僕は昨日のことを思い出す。

「何があるかわからないでしょ？」

と先輩が言うと、僕は疑問に思っていたことを話そうとする。

「あっ、そういえば？」

「何？」

「なんであんな神社に男性がいたんですかね？」

「さあ」

「もしかして幽霊？」

手を顎の下に置いて考える。

「わっ！」

「おわ！」

先輩は僕の背中を押し、僕は驚いて後ろを振り向く。

「面白いな～後輩君は」

「だって……」

先輩は長い髪の毛を揺らす。

「あの人は女将さんの旦那さんよ？」

「え？　そうなんですか？」

初めて知った。

「私が頼んどいたのよ。ここに来る前にメールや電話でちょっとね」

「あ～そうなんですね」

自分の両手を太陽にかざす。

「あれ？」

「どうしたの？」

「じゃあやっぱり！　あの荷物全然必要なかったじゃないですか！」

「ごめんね！」

先輩は走り出す。僕はそれを後ろから追いかけた。

僕達の心は、今日もこの町のように綺麗に澄み渡っている。

5『色づく人生をもう一度』現代ドラマ

人生とは、予期せぬことから『運命の歯車』が噛みあっていく。

一度噛みあったら、もう後戻りはできない。それはまるで劇のように話は進み、最後には一定の着地点が待っている。

今日の天気はあいにくの雨。

俺は市の外れにある旅館の従業員駐車場で、傘をささずに佇んでいた。地面に敷き詰められた砂利は雨のせいで黒く染まっている。ふと腕時計を見ると、午前一〇時半だった。そのまま顔を上げると目の前には古風だが、それなりに大きな旅館の姿が目に映る。

俺はこの旅館をクビになった。

仕事の内容は部屋のメイキング作業であった。今から一ヶ月前の話。最初に言われたときは声が出なかった。

(何を言われたんだっけ俺……)


「それじゃあ後で作業着を返しに来てください」

「あ……はい」

夕方、休憩室で休んでいると、後から来た先輩担当者に契約解除が宣告された。

「お疲れ様でした」

あらかた説明が終わると、先輩はそそくさとその場を離れていく。周りの従業員達は誰も俺のことを見ていなかった。原因は分かっている。客に怪我を負わせたからだ。

俺はその時、休憩室へ戻る途中だった。しかし、大浴場ののれん前で客数人に呼び止められて、仕方なく脱衣所へと入った。そこには酩酊状態の客が大声で叫んでいた。

「お客様。酔いが覚めてからご入浴ください」

だが、泥酔状態の客がそれを聞き入れるわけもなく口論に発展してしまう。客は怒鳴り散らし、裸の状態で俺ととっくみあいとなった。

そのとき、偶然相手客が足を滑らせ腰を打ってしまう。周りは騒然となり、救急車を呼んだ。

結果、旅館に多大な迷惑をかけてしまった。

一ヶ月後の今日、雇用契約解除と共に俺はその旅館を辞め、『自由の身』となった。いや、そんな清々しい状態ではない。俺は絶望に打ちひしがれている。

「これからどうするかな」

自動車に乗り込みシートベルトをすると、この先のことを考えた。

「とりあえずアパートに戻る……か」

穏やかでない心の中、俺は車を走らせた。雨はまだ止まない。ワイパーはゴムのすれる音が鳴る。数分も走らせるとアパートに着いた。車を止めて降りる。

俺はジーンズのポケットに入っている鍵を取り出し、一階にあるアパートの部屋を開けた。

中に入るとカーテンを閉め切っているせいか真っ暗だ。おまけに雨に濡れているので、着ていたTシャツは自分の肌に密着する。まるで甘いサイダーをテーブルにこぼし、それを拭かずに後から誤って触ってしまったかのような嫌な感じがする。

「これからどうしよう……」

親には知らせてある。一人暮らしだった俺は、母から実家に戻ってきなさいと言われていた。

だが、俺は家に戻るつもりはない。何故であろう。変なプライドが自分をかき乱す。

二十四歳の俺はベッドに横たわり、涙を流した。頭の中では『これからどうする』という言葉がこだましている。ぼーとしたまま、数時間空を見ていた……

「もう夜か……」

いつのまにか日が暮れていた。俺はそのまま眠りにつく。

まどろみの中、鳥のさえずる声がした。

「う……ん、あっ！」

俺は急いで起き上がる。

「仕事！　あ……仕事行かなくていいんだ」

クビを宣告されてから一ヶ月も経つが、いまだにこういうことが起こる。

「はあ……」

俺はもう一度寝ることにした。布団にそのまま潜り込む。

（世界なんて滅んでしまえばいい）

俺の中には憎しみしかなかった。

「ん……」

眼をこすり時計を見る。時間はすでに午後の二時を回っていた。

「俺、何してるんだろ」

俺はまた一人で嗚咽を漏らす。「くそ！　くそ！」枕に何度もパンチをくらわせる。ひとしきり泣き終わると、また考える。あれもダメこれもダメ。考えても考えても何も見つからなかった。ふと、貯金通帳を見ることにする。

貯金の残高は百二十万円だった。あの職場で一年働いて得た貯金と副業の結果であった。俺がこれを見て最初に考えたこと、それは株式投資だ。

前々から興味はある。口座もすでに作ってあった。ただ乗り気じゃなかったただけ……いやおびえていた。お金を失う恐怖にただ震えていた。

俺は書店へと向かう準備を始める。とにかく今の俺は何かしていないと精神がもたない。それは寝ながら泳ぐマグロのようだった。

着替えをしていると『ハヤクハヤク』と、ベッド近くにあったボイス付き目覚まし時計がけたたましく鳴る。スイッチを切った。

この『早く早く』と言う言葉が俺の行動をさらに急かした。そして、俺は街に出る。

車を走らせ二十分後、書店の駐車場に着いた。途中、車の中ではラジオを聞いていた。

地元のＦＭラジオで、ちょうどリスナーからの質問に答えているところだった……だが内容までは覚えていない。

車から降りると書店の入り口へ歩き始めた。

書店は冷房が効いており、とても涼しい。一通り新刊棚を見たあと投資、経済のコーナーに向かった。早速株式投資の本を手に取ってみる。

「うん……これでいいかな」

俺は初心者でもわかりやすそうな本を選んだ。そのままレジへと向かおうとする。途中気になる本があったので、ついでに買うことにした。

「二点で三千四百円です」

本が入った袋を持つと俺は外へと出た。外は相変わらず天気がぐずついている。

その後はどこにも寄らず、アパートへと帰ることにした。俺が買った本は二つ。一つは投資の本、もう一つは『戯曲集』だった。


「ただいま」

俺は誰もいないアパートの中で一人呟く。

「はあ……」

ワンルームの部屋に入ると、電気を点ける。

『ピンポン』

今度は玄関でインターホンが鳴った。俺は部屋の真ん中にある小さなテーブルの上に、今買ってきた本を置いた。そして玄関に向かう。

『ピンポン』

「はーい」

俺は走ってドアを開けた。すると、そこには誰もいない。

いたずらかと思い、ドアを閉めた。

『ピンポン』と三度鳴る。

「はい!」

俺はもう一度玄関を開けた。

「なんですかさっきから……」

頭をかきむしりながら相手のことも見ないで口走った。

「あ……あの……」

顔を上げて、よく見ることにする。そこには優しそうな若い女性がいた。同い年くらいであろうか。若干俺より若いか。いやもしかしたら未成年のようにも見えなくはないし、年上と思えば年上かもしれない。

とにかく雰囲気はおしとやかそうな女性だった。

「な、なんですか?」

俺は少し萎縮する。

「これ……ドアの前に落ちてましたよ」

彼女が持っているそれは俺の財布であった。

「え? ああ!」

急いで自分のポケットを触ってみるが、中にあるはずの財布が入っていない。

「あ、ありがとうございます……」

少し無愛想気味に、彼女から財布を受け取った。俺の心が痛みを感じる。

彼女は気分を悪くしただろうか。先程の自分の様子を見て嫌な気持ちになったかもしれない。いや、いまだにそういうことを考える余裕のある自分に水をかけてやりたい。

「あの……」

彼女は俺の顔を覗いてくる。

「何です？」

俺は早くこの薄いドアを閉めて布団で眠りたい。むしろその先、一生覚めることはない世界に行きたいと思った。

「もしかして作家の沢田ゆきとさん？」

（えっ……なんで俺の名前を）

俺の顔がもろくも崩れ去る。

「そ……そうです。あっ」

しまった。俺は口元を片手で隠す。

「やっぱり！」

彼女の曇っていた顔が、ぱあっと明るくなった。

「前に雑誌で見たんです！　特集で！」

「いや、あの」

俺は仕事の合間に副業で作家の仕事をしていた。売れない作家。主に小説や戯曲を書いていた。

「今も作品を書いていらっしゃるんですよね？」

「あ……あ」

突然のことで声が出ない。

「今度はいつ出すんですか？」

「い……」

「私、大ファンなんです」

『クッ』

その言葉で俺の何かがはじけ飛んだ。まるでワイシャツのボタンを無理矢理外そうとして、それがどこかに飛んでいったかのように。

「な、なんですか！　あなたは突然！　全部あなたには関係ないでしょうが！　ファン？　ファンですか？　へ～じゃ俺の書いた最初の小説の百二十三ページに書いてある五行目の文章分かります？　わからないでしょ？　そんなことも分からずにファンなんて言葉を軽々しく言わないでもらい……」

『瞳は死ぬように目を閉じた』

「えっ？」

「ですから、最初に出された小説『君の望み』の百二十三ページの五行目です」

俺は荒くドアを閉め、急いで部屋の中に走り、書棚から一冊の本を取り出した。それは自分が書いた処女作である小説『君の望み』だった。緊張で汗がにじみ出る。エアコンのスイッチは押していない。中の気温は三十度近くまで上がっているのではないかと思った。

俺は『君の望み』の百二十三ページを開いて五行目を見た。

『瞳は死ぬように目を閉じた』

「なっ……」

俺の体はわなわなと震える。

「まじかよ」

つばを飲んだ。もう一度玄関に戻りドアを開ける。

「ねっ？　あってたでしょ？」

と、彼女は笑っていた。

「なんで……」

「とりあえずお邪魔してもいいですか？」

「えっ？」

「雨が酷いんで」

そのまま俺は彼女を家の中に招き入れてしまった。

「おじゃまします」

彼女は小声を出して入ってくる。部屋の中はそれなりに整理整頓が行き届いている。自分はきれい好きではないが、たまに客が来ることがあるので、それなりにいつも掃除はしていた。

掃除は嫌いではなかった。仕事で旅館のベッドメイキングをするくらいだ。

それもそうか。

「なぜ俺のこと知ってるんですか？」

とりあえず彼女を座椅子に座らせ、お茶を入れて差し出した。

「面白かったからです！」

それを聞いて俺は少しだけ嬉しくなってしまった。なぜなら『あの小説』を面白いと直接言ってくれたのが、彼女が初めてだったからだ。

今まで俺は作家の端くれとして生きてきた。

『処女作』は俺の全てを出し切って書いた渾身の一作だ。ただ読者には不評であった。それは、あの本がバッドエンドの形で終わる物語であったからである。かもしれない……

そんな作品を満面の笑みで『面白い』と言われたことがなかったので、素直に俺は嬉しかった。

「今は新作を書いてる途中なんですよね？」

彼女は俺の顔色をうかがうように覗いてくる。

「そうですね……」

すると彼女は困ったような顔をする。

「なにかあったんですか？」

「えっ？　どうして？」

「目が赤いですよ？」

彼女は静かに笑った。俺の顔が熱くなる。

「すみません」

何故かこの子に話したくなった。これまでのことを……

「聞かせてもらえませんか？」

「あ……はい」

俺は静かな口調で話し始めることにした。


「ん……」

目を開くと、いつもの部屋が待っていた。起き上がりテーブルを見ると綺麗に片付けられている。ナッツ類のおつまみも中途半端に残っていたものも、小皿に綺麗に盛られていた。昨日のことを思い返す。

『もう小説は二度と書かない』

昨日確かに俺はそう語った。それを聞いた彼女は寂しそうだった。

「おはよう、ゆきとさん」

ああ……この状況をどう説明しようか。決定的にいつもと違うのは彼女がいること。そんな彼女は、ただいまキッチンで料理を作っているらしい。ベーコンをフライパンで焼いている香ばしい匂いがした。

「あ、はい……」

さて。どうしたものか……俺の実家は岩手にあり、県南の町に住んでいた。小中高ともにその町で育ち、平凡な日々を過ごしていた。ただ、高校生の時、ある転機が訪れた。

『文学賞』を受賞。

これが人生を変えた。受賞した作品は単行本になり、現在でも書店の棚に並んでいる。

『君の望み』

純愛ものの作品であった。高校生の清純ラブストーリーを描いたその作品は審査員には好評だった。まあ、だから受賞できたのだが。

けれど、世間の評価は厳しかった。レビューサイトでは低評価をつけられる日々が続き、俺の精神が持ちそうになかった。実際は高評価のほうが多かったのだが……当時の俺にはそんな心の余裕はなかった。

それから何年間かは毎年本を出し続けた。それは軒並み好評だった。だが売り上げが微妙であることから、『低空パイロット』と、あだ名がついた。

戯曲にも手を出した。意外にもこちらの方が評判が良く、いつのまにか戯曲の方に力を入れていた。

二年前、作家業だけで食べていけるわけもなく、とうとう友達から紹介された旅館で働くことになる。

しかし、それも昨日で全てが終わった。

昨日、俺は泣いた。彼女に全てを吐きだして泣いた。もう、全てが嫌になっていた。

これが自暴自棄か。そう思った。

「ゆきとさん?」

「ん?」

「私の実家……山にあるんですよ」

「はっ?」

瞬きを何回かする。なんて言ったんだろ?

「いっしょに住みませんか?」

「はは……」

今度は渇ききった口から声が出た。


七月。

今日は朝から「雫町」ののどかな田園地帯を車で走っている。

「ゆきとさん。途中でコンビニ寄ってくださいね」

「はい」

車を県道沿いのコンビニに入れるために右ウィンカーを出した。

駐車場の中に入っていく。

「それじゃあ、行ってきますね」

「はい」

ドアが閉まる音が鳴る。

「はあ、なんで俺こんな所にいるんだろう」

外を見ると雲一つない青空が広がっていた。

「天気がいいな……」

彼女が突然現れて、いきなり「一緒に住みませんか」と言われ一週間、ほいほいとスケジュールは埋まっていった。

どうやら千鶴も訳ありで、ちょうど仕事を辞めたところだったらしい。そんな時に俺と出会ったんだそうな。彼女と出会ったあの晩、俺は酒を彼女と飲み、泥酔状態になって泣きじゃくってしまった。失態だった。

「はあ……」

俺は息を吐くと窓を開ける。

「夏……だな」

遠くを見ると岩手山が綺麗だった。エアコンを消すとからっとした風が入ってくる。

「ただいま～」

「おかえりなさい」

千鶴が車に戻ってきた。どうやら飲み物とサンドウィッチなどの軽食を買ってきたようだ。

「あのさ、千鶴？」

「はい！」

「この先から山の方に行くんだけど、ほんと大丈夫？」

「大丈夫ですよっ」

カーナビを見ると、住所のあるところは本当に山奥であった。

「わかった」

俺たちはその場所を目指し、さらに車を走らせる。


そして昼過ぎ。

車はとある屋敷へと辿り着いた。

「ここが……千鶴の家」

「実家ですがね」

山奥の先にこんな屋敷があるとは予想が付かなかった。見ると西洋風の真っ白な屋敷で、この山奥には到底似合わなかった。俺たちは車を降りてトランクから荷物を取り出す。

「私やりたいことがあるんです」

「どうした……急に」

突然言われたので足がもたついてしまう。

「ここに色んな人を集めて色んなことをしたいんです！」

俺の方を向き真剣に訴えかける。

「色んなこと……」

「そうです！」

「例えば？」

俺は荷物を運び出しながら聞いてみた。

「例えば……すごい特技をもっている人達を集めて共同生活とか？」

「いや、質問で返されても」

「とにかくここをゲストハウスみたいにしたいんです」

トランクから全ての荷物を降ろした。

「とりあえず中に入りましょ？」

俺たちは屋敷の中へと入っていった。初めに待ち構えていたのはエントランスだ。綺麗に掃除は行き届いている。中央には横幅が広い階段があり、ヨーロッパの洋館を彷彿とさせる。

「ゆきとさん!」

「ん?」

「インターネットは欲しいですね」

回線を引いていないのか?

彼女は笑った。


その後、俺は一つの部屋を貸し与えられ、そこに自分の荷物を運び入れた。

幸いベッドはあり、それは綺麗な物だった。

「俺、こんなとこまで来て何やってんだろう」

本日何度目だろうか。もう口癖になっている。ベッドの上に座り頭を垂れる。

「はあ……あっ」

不安が頭をよぎる。

「スマホ……」

バッグからスマートフォンを取り出し電源を点ける。ここは、山の中だが、どうやらスマホはつながった。不意に窓を見ると、風が緑の木々を揺らしていた。

「あの……」

「はあ、金もないし後戻りもできねえし」

「あの……」

「ん？」

「どうも……」

目が点になる。目の前にはアニメに出てきそうなメイド服姿の女の子がいた。

「うわあああ！」

酷く大きな声が出てしまった。

「ひいい」

彼女は後ずさる。

「誰！」

「すみません！　すみません！」

俺の話など聞いていない彼女は謝り続ける。

「何者！」

俺はベッドのすみまで移動していた。

「どうしたんですか？　ゆきとさん」

千鶴が部屋に入ってきた。

「あ、千鶴……この子は？」

俺はベッドの横で困惑している女の子を指さした。

「ちづる～」

「花さん！　いつの間に？」

千鶴は驚いている。

「この子は山下花さんです」

千鶴の話を聞くと、どうやらこの屋敷の管理人の一人らしい。見た目はおとなしそうな可愛らしい女性であった。

「あ、あの……驚かせてすみません」

花は千鶴の横に立ち、礼をする。

「どうした？　千鶴」

千鶴の説明を受けていると、さらにドアから男性が入ってきた。

「今度は誰？」

「あはは、すみません。この男性は同じ管理人の小平雄大さんです」

「よろしくな」

「は、はあ」

俺は雄大さんから手を差し出されたので握手をする。茶髪で人相が少し怖い。

「この二人、実はひきこもりニートだったんです」

「「な！」」

二人は突然声を上げる。

「ひきこもりはこのちんちくりんの方だ！」

雄大の声は跳ね上がり、花を指さして顔を曇らせる。

「はあ？　やだな～茶髪ゴリラのあなたには言われたくないです！　このひきこもり！」

「あ？　やんのか？　このクソガキ」

「あっ？　なんですか茶髪ニート」

犬猿の仲とはこういうことを言うのだろうか。二人はお互いを罵倒し合っていた。

「この二人両思いなんですよ」

「は？」

俺は千鶴を見てしまう。すると彼女はクスクスと笑っていた。

「千鶴！　それは秘密だったろ！」

「そうですよ！　ちづる！」

二人は顔を赤くする。

「いいじゃないですか」

千鶴は笑う。

「あ、あの……」

俺はこの状況をただ見つめている。

「あ！　すみません！」

千鶴は俺のことも二人に説明してくれた。


「おまえが作家のやつか……」

「おお～」

二人は俺のことをまじまじと物珍しそうに見てくる。

「売れない作家です」

俺はそう答えると「二人も自己紹介を」と千鶴が言った。

「名前は花！　私は画家です！　油絵などを描いています。絵は……あそこの壁に掛かっているのも私が描きました」

部屋の入り口近くには、確かに一枚の絵画が飾られていた。俺に美術センスはないが、確かに躍動感溢れる『猫』の姿が描かれていた。

「す……すごい」

俺は感嘆する。

「おれは雄大、料理人だ」

見た目から想像がつかない。すると雄大さんは、

「あとでうまいもん食わせてやるよ」

『色んな人』

俺は千鶴の言っていた意味が少しだけわかったような気がした。

「それでは今日は歓迎パーティーですね」

千鶴は手を叩いた。

一週間が過ぎた。

俺はすっかりこの生活に慣れてしまっていた。普段は屋敷の掃除や炊事、

洗濯など生活に関わる仕事をしていた。ときおり、山を下り千鶴の家が所有する畑で農作業をしている。今日も軽トラックに物を詰め込み、山を下りて畑に向かった。畑に着くと道具をおろし、芝刈り機を持って周りの草を刈ることにする。一時間ほどで汗がだらだらと額からあふれ出す。

「とりあえずここまで……かな」

俺は軽トラックに戻り屋敷へと帰っていった。帰ると昼食の準備だ。

「なあ、ゆきと」

「はい？」

俺と雄大さんはキッチンで昼ご飯を作っていた。

「お前、千鶴のこと好きだろ」

「な！　何を突然！」

いきなりハンマーのような物で頭を殴られた気がした。

「いいっていいって。わかってるわかってる」

雄大さんは俺の方を見て豪快に笑う。

「い、いや。俺はなんにも……」

「まあ、聞けって。俺は千鶴とお前がくっついてもらいたいと思っている」

「な、なにを」

心臓の鼓動が聞こえる。

「実はな、千鶴は昔恋人を亡くしてるんだ」

「えっ？」

突然のこと、はじめて知った。

「そいつは工芸品を作る職人だったが病気になっちまってな。亡くなった以降、千鶴は感情をなくしたかのようになっちまった……」

俺は何も言えなかった。

「だけどある日、誰かさんの小説に出会った」

小説……

「まさかそれって」

『瞳は死ぬように目を閉じた』

「そう、お前の書いた小説だよ」

雄大さんはフライパンで野菜を炒めながら話した。

「それで……か」

俺の書いた『あの小説』は、恋人同士が死に別れてしまうストーリーである。

「だからあいつ、お前のこと調べに調べてたんだぜ」

俺は彼女とはじめて出会ったことを思い出す。すると雄大さんは後ろの棚の引き出しから紙を持ち出してきた。それを見ると、

「俺！」

「お、おい！」

俺は走り出していた。彼女のことが心配で心配で。

(あのとき俺はあのアパートで)

『もう小説は二度と書かない』

彼女の部屋まで走る。必死に……

途中で花とすれ違う。

「ゆきと、危ないですよ」

「悪い花！　またあとで！」

俺は何がしたいのかわからない。だけど何か言わなくてはと思った。

二階の千鶴の部屋まで来た。ドアをノックする。

「はい！」

中から千鶴の声がした。

「ふう」

息を整える。そしてドアを開けた。

「ゆきとさん？」

「や、やあ」

俺の頭の中は真っ白だ。彼女の部屋には、様々なぬいぐるみや高価そうな工芸品が置いてあった。

「どうしたんですか?」

「い、いや」

取り繕うとしても、それは無理な話だった。

「汗までかいて……こっちに来てください」

近くまで行くと、千鶴はクローゼットからタオルを持ってきた。

「はい、拭いてください」

「あ、はい」

俺は顔を拭く。柔軟剤の良い香りがした。

「どうしたんですか?　いったい」

「い、いや……」

「ん?」

千鶴は俺を見つめる。すると、雨音が聞こえてきた。

「雨、ですね」

「うん」

外を見ると小雨が降っていた。静かな時間が流れ始める。

「私、雨が好きなんです」

すると彼女は話し始めた。

「昔付き合ってた彼が好きだったんですよ」

雨音は強くなっていく。

「俺も好きです」

「えっ……」

「雨音」

「あ、ああ〜」

目線が絡む。彼女の頬が少し赤く染まった。

「俺、あのアパートで千鶴にもう小説は書かないって言ったよな」

「はい」

それを聞いて千鶴は残念そうな顔をする。

「あれ、嘘だから」

「えっ？」

「俺ずっと書き続けるから」

彼女は目を大きく開く。そして……

「楽しみにしています！」

彼女の瞳から雫が流れ落ちる。そして笑みを浮かべた。

「ところで。気になることがあるんだけど……」

「なんですか？」

「なんで人を集めているんだ？」

「ああ、そうですね。う～ん。見たことない風景……」

「見たことない風景？」

顎に手を置く。さっぱり彼女の言っていることがわからない。

「はい！　私すごいものが見たいんです」

千鶴は俺の近くに寄ってくる。目を爛々と光らせながら。

「それはいきなりな発想だな～」

「はい！」

元気な声だ。髪の毛はいつの間にか乾いていた。

「これからも人集めするのか？」

「あたりまえです！」

一枚の紙を差し出す。そこには最近まで俺の住んでいた住所とプロフィールが載っていた。

「住所まで調べて？」

「あ〜あれ？　ばれました？」

彼女の目は泳ぐ。

「まるでストーカーだ」

不思議と笑みを浮かべてしまう。

「大丈夫ですよ」

「ん？」

『私は天使ですから』

意味がわからない。俺はついに笑い出す。何故かわからないが、とても笑えた。

俺はとんでもない子を好きになってしまったな……

それは絶望的だった俺の人生が、ほんの少しだけ変わり始めた瞬間だった。

『町おこしのために劇をやって欲しい』

それは唐突だった。

「俺の脚本で？」

「そうです！　脚本、書けますよね！」

千鶴は瞳を爛々と輝かせる。

「え～まあ」

「それじゃあお願いしますね」

そう言うと千鶴は階段をあがっていった。自分も調理室へと戻った。

「脚本、脚本……う～ん」

「どうした？」

雄大さんがにんじんの皮をピーラーでむいている。それを見ていた俺は何も考えず言葉にだしていた。芸術の秋。つまりはそういうことだ。

「白いバラが戻ってきた主人公に告白する話。どうかな？」

「よくわからんが劇にしたいんだろ？」

「俺は脚本家で主人公は雄大さん」

雄大はにんじんとピーラーを置くと、俺の頭をはたいた。

「そういうのはあそこで本を読んでいるお嬢様に言うんだな」

雄大は指を指す。その先には花と話している千鶴がいた。

「うん」

俺はふらふらと千鶴の元へと向かう。

「大丈夫かよ」

雄大は俺の後ろで笑っていた。

『ただいま僕の白いバラ！』

俺は、一階のエントランスホールから中央階段の上に向かって叫んだ。

そんな階段の上には、千鶴が白いお面を頭の上につけて立っていた。千鶴は俺のことを泣きそうな目で見つめながら口元を隠す。

「私のゆきと！　ずっと私は待っていたわ！　いつかあなたがこの場所に戻ってくることを」

白いドレス姿の千鶴は涙を流す。エントランスの一階の影から雄大が現れた。

「あーあー白いバラのお姫様ーその者はこの星を裏切った愚か者です」

「そ、そうです。お、お姫様ぁ、そいつは裏切り者です～」

花がその横から現れて震えながら俺のことを指さす。

「違う！　俺は君のために水を持ってきたんだ！　この星には水がない。だから俺は！」

俺はペットボトルに入れた水を階段下で雄大達に見せて回る。

「姫様ーそれはきっと毒に違いありませんー」

「そ、そうですよ！」

二人は俺の腕を掴む。

「僕の白いバラよ！　僕を信じて飲んでくれ」

俺は腕を二人につかまれながら、二階にいる彼女に懇願する。

「わかったわ！」

千鶴は一階までゆっくりと下りてきた。

俺からペットボトルを取り上げると、その水を飲んだ。

「あ！　ひ……姫様！」

花が俺の腕を掴みながら千鶴にぎこちなく叫んだ。

「わ……私……」

千鶴はお面を投げ捨てた。

「なーなんとー姫様が人間のお姿にー」

雄大は相変わらずの棒読みだ。

「僕の白いバラ！　これでもうあなたはこの星に縛られることはない！」

俺は一呼吸置いた。そして……

『僕と一緒に行こう！』

「はい！」

パチパチパチパチパチ……


「あの～？」

「どうした花？」

「本当に……」

「この劇、本当に子供達に見せるのか？」

「あたりまえだろ雄大さん」

「そうですよ～」

俺は彼女と目を合わす。

「だって……フフッ」

彼女は笑いをこらえている。そんな俺も笑いをこらえた。

今日は秋晴れ。外の木を見ると葉がだんだんと色づき始めていた。

6『僕の星、どうだろう』SF童話

星が綺麗な夜に僕は宇宙船へと乗りこんだ。

「この星ともお別れだ」

僕は独り呟く。この星『シズクマチ』と僕がお別れするのには理由があった。もともとこの星には僕しか住んでおらず、のんびりと暮らしていた。

今日、知らない宇宙船が僕の星にやってきた。

『ウイーン。ガシャン』

中から人がおりてくる。僕はその人達のことをあまり理解していなかった。

彼らは武器を持ち、いきなり銃口をこちらに向けてきたのである……

「ここの星を調べさせてもらう」

一人が言うと、宇宙船から大きなロボットを出しては星の形をめちゃくちゃにしてしまった。

「やめて！」

と言っても彼らは止めない。

何故ならこの星にはゴールドがあったからだ。

縄で縛られて数時間。

「よし！　やめろ！」

リーダーらしき人物が言うとロボットは止まった。

「これが代金だ」

その人は僕の縄をほどき札束を渡してきた。それは銀河中で使える紙幣である。

そして事が終わるとすぐに、彼らは宇宙船に乗りこんでこの星から去っていった。

僕に残ったのは、札束といつも使っている自分の宇宙船と、この住めなくなった星だけだった……

佇んでいた僕は考えた結果、この星を出る決意をした。この時のことは忘れないだろう。絶対に。僕は悲しくて泣いていた。

「この星はもうダメなんだ」

泣き終わると僕は宇宙船に乗りこんだ。僕はこの星をめちゃくちゃにした人のことを考えては怒っていた。

しかし、それ以上に自分がなさけないと思った。そして、僕は宇宙船の操縦席に座り、この星を去ることにする。

『3、2、1、ドン』

ぐんぐんとこの星から宇宙船は離れていった。僕はそれを見て、

「さようなら」

と言った。

宇宙船で旅立って三日目が過ぎた。やっと最初の星『162』に到着だ。この星はどうやら時計がたくさんある様子。『銀河ガイドブック』には書いてあった。

宇宙船から外に出ると、一個の掛け時計が宙に浮かびながら僕のことを待っていた。

「こんにちは」

僕は言うと、

「チック・タック」

と答えてくれた。銀河ガイドブックに『チック・タックがこの星の挨拶です』と書いてあったので僕も、

「チック・タック!」

元気よく挨拶した。ではさっそくこの星を調べてみる。星の広さはそれなりにあって、どうやら時計によって管理されているようだ。大きな歯車が綺麗に並んでいる。とても神秘的で素敵な星だ。ちょうどその時三時になった。

すると一斉に時計のベルや音楽が鳴り響いた。

思わず耳をふさいでしまう。

僕はとうとう耐えきれなくなって宇宙船に乗りこんだ。その後も数分おきに、ベルや音楽が星中に鳴り響くので、そのまま星を出てしまった。

どうやら僕はこの星に住めないようだ。残念……

この星と僕の星、どちらがいいんだろう……

次に着陸した星『オオカ』は、計算機を持ち歩いている人達がたくさんいる星だった。

ビジネスマンが計算機を持ちながら汗を垂らして青い空の下を歩いている。

僕も街を歩いていると、みすぼらしい格好をした人に公園で出会った。

「こんにちは」

僕は挨拶をする。

「ああ、こんにちは」

その人は挨拶を返してくれた。僕はこの星のことについて訊いてみる。

「すみません。なぜこの星の人達はみんな計算機を持ち歩いているんでしょうか？」

僕は『銀河ガイドブック』では触れていなかったことを訊く。

「ああ、この星の人達は自分たちの頭で計算ができないんだ」

という答えだった。

「それじゃあ、あなたは頭がいい人なんですね」

と返すとみすぼらしい人は、

「そうでもないさ」

瓶に入った酒を飲む。

「どうしてですか？」

僕は聞くと、

「計算機を使えるなら大きな数を計算できるだろ？」

と言われた。

ああ、そうなんだ。この星では計算機を使えると頭がいいと思われるんだ。

あいにく僕は計算機を毎日使う生活はしたくなかったので、この星を出ることにする。

この星と僕の星、どちらがいいんだろう……

計算機の星を出た頃、僕は宇宙船の中で食事を取った。パンにバターにハムエッグ。宇宙船のキッチンは何でも作ってもらえるんだ。

自動でね。

そのあとは、お風呂に入ってぐっすりと眠った。

次の日。

僕は三つめの星『１７２』に着いた。ここは電気をいっぱい使う人が住む星のようだ。

どうやら背格好は僕に近いモノがあって、変わっているのはみんな金色の髪の毛をしているということ。

僕は宇宙船をおりると、さっそくこの星の人に会いに行った。宇宙船はドッグでお休みだ。

どうやら僕のおりた街は発電所が多い街らしい。その発電所で作られた電気を使い、街ではイルミネーションが盛んに彩られていた。赤、青、黄色、様々な色が重なって綺麗なネオン街の様子がうかがえる。

僕はそれを静かに見つめていた。

『銀河ガイドブック』にはこの星は毎日が夜のようで、燃える星の明かりが入るのが日中の二時間ほど、とある。

「なるほど」

僕はそう頷くとこの街のホテルに泊まることにした。ホテルに入ると、ロビーで誰かが騒いでいた。

「このホテルでは電気は使えんのか！」

「はい、申し訳ございません。この星では電気は資源なので、他の星の方々には免税店にしか電気は置いてないんです」

僕は『銀河ガイドブック』をもう一度読み直すと確かにそう書いてあった。

「仕方ないか」

僕はホテルに泊まるのをやめて宇宙船ドッグに戻ることにした。戻ると宇宙船のエネルギーは満タンに入っている。

「あの！　お金は！」

僕が作業員に叫ぶと、

「この星では電気はただなんですよ」

僕はさきほどのこともあり、その言葉の意味が分からなかった。

この星と僕の星、どちらがいいんだろう……

宇宙船に乗りこんで数時間が経った。物思いにふけっている。

僕は宇宙船の中の自分の部屋へと行き、一冊のノートを取り出した。日記だ。今日は電気の星に行ったことを書いた。

そして、疑問に思ったことも……

それが終わると夕食である。

といってもここは宇宙なので朝なのか昼なのか分からない。

なので時間をよく見ることにしている。食事を取り終わると、僕はテレビを点ける。

惑星ニュースをやっていた。各惑星の代表ががっしりと手を握り合っていた。

どうやら何かとても大きなことが終わったらしい。それは、僕にとっても、とても大切な大きなことだった。

『戦争』

この文字がテロップで流れた。

「ああ、やっとこの星の戦いも終わったんだな」

僕はしみじみと思う。

テレビには泣き叫ぶ子供達と泣かずに『リン』として銃を持った男の子が映し出されていた。

はたしてどちらが幸せだったのだろう……僕は考えてしまう。

しかし、答えが見つからない。ただ一つだけ分かったことがあった。それは、どちらも同じ『人』ということだ。いつか僕もこの惑星に行くかもしれない。

その時は、何か手伝おうかと思っている。

僕は時計を見る。時刻は十時をまわっていた。操縦室の掃除を済ませると、コーヒーを持って自分の部屋へと向かう。中に入ると椅子に座り、あることを思い出していた。

これは昔、僕が宇宙船に乗ってあの星にたどり着いたときの話だ。僕は宇宙ゴミを拾い集めていた。宇宙ゴミとは、他の宇宙船が捨てたゴミだ。たまに宇宙船に使える部品が見つかることもある。

そこで偶然出会ったのがあの星。そのときはまだ星の存在は銀河の役所に届け出されていなかったので、僕は急いでその星を登録して自分の星にしてしまった。

僕は嬉しかった。

だけど星を自分のものにするって、はたしてやっていいことなのだろうか。

おや？

宇宙船は次の星『２１１』へと着く。

この星もどうやら小さな星のようで、木が何本かあるだけの星だった。

僕は外に出ると腰あたりくらいの身長のきこりが、小さな斧を持ってその木を切っていた。

「あの、すみません。あなたは残り少ない木も切ってしまうんですか？」

と、聞くと、

「ああ、金になるからね」

と言った。

「あなたはその木と何年すごしてきたんですか？」

僕は彼に聞くと。

「二十年くらいかな」

「それじゃ家族と一緒じゃないか」

僕は彼を不思議に思う。すると、

「金になるなら家族だって売るさ」

と、きこりは答えた。

僕はこのきこりがいるかぎり、この星には住めないと思った。

すぐにこの星を出て行く。

その際、僕は少しだけ怒っていた。

なぜなら、僕には家族を売ることなどできなかったから……

この星と僕の星、どちらがいいんだろう……

その後、宇宙船に乗って、きこりのいる星『セイホク』から隣の星『イーオ』に向かった。

センサーで調べるとどうやら人はいない星のようだ。星の中は水でできていた。僕は宇宙船の中から外を見る。

「うわあ、きれい」

僕は感動した。何故ならそこは一面が真っ青な海で満たされており、その上には流氷があって神秘的に感じたからだ。

「あそこの氷の上に着陸しよう」

僕はすぐに宇宙船を近くの氷の上に着陸させた。暖かな服を着て外に出ることにする。

周りはとても冷たく肌がちくちくした。

「ひえええ」

冷たい氷の上で僕は叫ぶ。

「ん?」

遠くを見つめると、動物のような生き物を見た。その姿は人ではない。

「あれは……熊?」

昔々、宇宙ゴミに混ざっていた図鑑で見たことがある。

あれは確かに熊だった。僕は少し氷の上を歩いてみる。

すると、あっというまに夜になってしまった。

僕は空を見て驚いた。

何故なら夜の空を赤や緑や青のコントラストの帯が空で美しく輝いているから。オーロラだ。

その美しさはなんというのだろう。「この星は生きているよ」と伝えているような気がした。僕は星を出るまでずっと感動していた。

この星と僕の星、どちらがいいんだろう……

宇宙船の中。

操縦席で次はどの星に行ってみようか、僕は考えることにする。そろそろ食料も尽きてきたので買い物ができる星がいいと思った。さっそくそんな星『ヤッハバ』に着くと、宇宙船を止めてお店へと向かう。

この星はそれほど大きくはなく、商業施設で成り立っている星だった。僕はここで冷凍されている肉や野菜を買う。

それと、歯ブラシも……

あっ、そうだ。ここで歯医者さんにお世話になりにいこう。

今は遠い故郷の星では外の星にあまり行くこともなかったので、久しぶりに歯を治してもらった。ものの数十秒で治してもらったので、感謝感謝。しかし、僕は不思議に思う。

なんでロボットだけしかいないんだ？

この星と僕の星、どちらがいいんだろう……

おやおや。

どうやら今度は温泉の星『フルーダ』のようだ。たくさんの宇宙船がその星に寄ろうとしている。なんと数時間も経って、やっと宇宙船を止めることができた。おりるとそこには他の星の人達がたくさんいた。目がたくさんある人、足がたくさんある人、もちろん僕みたいな地球人タイプの人。

さっそく、僕は温泉に入りに向かう。温泉街は湯気がもうもうとしていて暑かった。しかし、ざーざーと雨も降っている。

お土産屋さんを見ながら歩いていると公共浴場にたどり着く。

脱衣所で服を脱いで温泉に入ろうと大浴場に向かう。中に入るとさっそく体を洗い、シャンプーを使い、石けんで手足を洗った。

これはマナーだ。それが終わると、やっと温泉に入れるのだ。

「うえ～」

おっと、つい声が出てしまった。それほどまでに温泉は気持ちよかったのだ。

「邪魔だよ！　あんたの腕！」

なにやら声が聞こえる。どうしたんだろう……

「なんだって～お前の腕の方が邪魔だよ」

どうやらもめ事のようだ。

僕は巻き込まれないように静かに温泉からあがった。宇宙にはたくさんの人達がいるのだから、もめ事はあたりまえだろう。

しかし、まだこんなささいなことで争うのかと僕は思ったのである。何故なら、こんなささいなことが戦争につながることだってあるのだから。それは爆弾の火薬庫のようなもので、僕は怖くなって逃げ出した。

この星と僕の星、どちらがいいんだろう……

『花は好きですか？』

僕はプレアデス星団までやってきた。その中でひときわ輝く青い星を宇宙船から見ていた。

「きれい……」

この星『258』には王様がいる。それも宝石が大好きな王様だ。この星の通貨はお金でもデータのお金でもない。宝石だ。

なので星のドッグに入るとお金ではなく宝石を渡すことになる。ちょうどエメラルドとダイヤモンドとサファイヤがあったので全部で一キロ渡してやった。すると青いカードを渡される。ガイドブックを見るとどうやらこの星では宝石カードというものがあれば指定される物品は無料で受け取れるらしい。

僕の滞在期間は三日間なので自由に観光でもしようと考えた。青い空の下、気持ちよさを感じながら街を歩いていた。ここは水の都と呼ばれている。街の中には綺麗な水路が走っており水の流れる音と心地の良い風が僕の頬をなでた。

途中アイスクリームを買って静かな街並みを歩いていた。

「すみません……」

僕が声のする方を見ると小さな子供がプラカードを持って立っていた。観光案内料100リルと書いてあった。

「ねえ、俺のこと雇わない?」

かれはどうやら右足が無く片手に杖を、もう片方の手にはプラカードを持っていた。

「君、足が片方無いの?」

聞くと、

「戦争で無くしちゃったんだ」

と、答えてくれた。

「100リルなんだけど……どうかな?」

年も近そうだったので僕は彼に銀河中で使える硬貨を手渡した。

「毎度あり!」

そこで僕は気がついた。

「君は何でこの星に住んでいるのに宝石じゃなくお金を求めたの?」

少しだけ沈黙が流れる。

「もうこの星とはおさらばしたいからさ」

「どうして？」

「僕は外の世界を見てみたいんだ」

「足を無くしてまで？」

「ああ、他の星を見てみたいんだ」

「ふ～ん、考えられないな。この星はこんなに綺麗じゃないか」

「はは、それは表だけだよ。裏では高い税金がかけられてるのさ」

僕は気がついた。

「だからこんなに綺麗な街並みなんだね」

「そうだよ。さあ街を案内してやるよ」

彼は杖をつきながら僕の前を歩いて行く。

『星が綺麗なのと人々が豊かなのは比例しない』

「ん？」

「いやなんでもないよ」

僕は本当の幸せとはどこにあるんだろうと思った。

この星と僕の星、どちらがいいんだろう……

ああ、僕の心は疲れてしまった。

学校に行ったり、仕事をしていたりすると『もういやだ』とさけびたくなることはないかな。

人間関係でいやになることはないかな。お金が無くて困ったことはないかな。病気にかかって苦しくて嫌になったことはないかな。もしかしてあなたの国は今も戦争中で自分を守るだけで精一杯じゃないかな?

僕達の心には何も響かない。感動する映画、小説、まったく響かない。

僕達は疲れてしまったんだ。そう疲れてしまったんだ。

最初は僕達も夢一杯で満たされていたんだよ。

だけどね。

いつからか、花に水をかけるのも忘れて枯らしてしまったんだ。

どうすればいいんだろうと今更考えても遅い。もう僕達には何もないのだから。

だけどね。まだ生きてみようかなと思っている君にはまだ種が残っていると思うんだ。

何かを探してみたらいいんじゃないかな。そんな君は僕達よりもずっとずっと素敵で輝いているよ。

もういちどやり直してみればいいんじゃないかな。

僕は苦しいからそう思う……宇宙を旅していると色んなことがある。

これは心の話。

僕はとある星『ヒツーメ』におりた。

噂には聞いていたがそれはそれは温かな星である。

その星は小さな町一つ分の星だった。おりてみると光で溢れかえっている。

例えば街灯。この星では赤色、青色、緑色、黄色の光でできており現在夜なんだがあの時の星のイルミネーションのように光っているのだ。

町の人に話しかけてみたのだが、この光の正体はよくわからないらしい。

僕は最初は電気なのかなと思い、光っている丸い球体を持ち上げてみた。だけどそれは綺麗に光っているだけで何もわからなかった。

町を歩いているとこの謎の光を整備している人を見つけた。

話しかけてみると彼は物心ついたときからこの仕事をしているらしい。

学校にも行かず毎日光る球体を綺麗に磨いていた。

「あなたは、この仕事で満足しているのですか？」

と、訊くと、

「もちろん嫌になったときもあるさ。学校にも行きたいと思ったことだってある」

「それじゃあなんで今も続けられるのですか？」

「この球は光だろう？　それを見に来てくれた子を好きになったんだ」

と、答えた。

「好きな子？」

僕にはわからないことだった。

今まで一人で生きてきたから僕にとってはどういう感情か想像もつかな

かった。

「君には好きな人はいるかい」

僕はその言葉を聞いて逃げ出した。

(好きな人？　なんだよそれ)

どうやら僕の心には何も響かなかった。

逃げたくせに……

途中また別の街灯を整備している人を見つけた。僕は話しかけてみる。

「そこの方。どうしてこの球体は色んな光を出せるんですか？」

「それは君、僕達が泣いたり笑ったりするからだよ」

と言った。

「どういうことなの？」

「例えば赤色、これは怒っているということさ。そこを見てごらん。ゴミが落ちてるだろこの光はそれを見て怒っているんだよ」

そういうと彼はまた街灯磨きをはじめた。

僕は気がついてしまった。

「すみません。青い光はどういう意味ですか」

「それは、すごく悲しいときさ」

僕は先程の彼の街灯の色を覚えていた。

僕にはわからない。

宇宙船に戻ると、僕は僕の星のことを思い出す。銃を持った奴らから星を守れなかったとき光る球があったら赤く光っただろうか？

僕はここにきてやっと僕の感情を理解しはじめた。

響かない。そう僕には響かない。

この星と僕の星、どちらがいいんだろう……

僕の乗った宇宙船はどんどん進む。

二日後、砂漠の星『イストリヤ』に来た。

どうやらここにも大きな町があるようで寄ってみることにした。この星はとにかく暑かった。町に入るとそれはそれは賑やかだった。僕は『銀河ガイドブック』を開いてこの星の情報を調べる。するとこの星には『飲み水商人』という職業があるらしい。

その人達は水で商売をしているようであった。

僕はたかが水でと思い少しだけイラッとした。町を歩いているとさっそく商人と出会った。

「おにいさん水はいかが？」

としつこいくらいに聞いてきた。僕はもちろん無視した。

僕の心には響かない。

この星と僕の星、どちらがいいんだろう……

僕が最後におりたのは地球に似た星『ハナマ』だった。

この星の表面はぼこぼこで、まるで隕石がぶつかった後のようだ。

宇宙船から外に出るとそこには大、小のクレーターがあった。

僕は昔使っていた教科書を思い出す。

この星は何千年も前に恐ろしい兵器で滅びたと……

そして現在ではこの星にはあまり人は住んでいないようだ。

僕は生命探査機で人の住んでいる場所を探す。

数時間後。

ひとつの村を見つけた。

近くに宇宙船をおいて、僕はその村に歩いて入る。少し歩いていると紙芝居を老人が子供達に聞かせていた。僕もその話を聞くことにする。

「むかしむかし、まだ緑があふれていたころ、文明は雷を上手に生かして暮らしていました」

老人は語り始める。どうやらこの紙芝居はこの星の歴史を語っているようだ。

何千年も前の昔、飢饉による度重なる戦争。そこで使われた数々の兵器。

それはまさしくこの荒廃した星を語っている。

僕は話を聞き終わると、涙が頬を濡らした。

先ほど紙芝居をしていた老人に話しかけた。

「だれですかのう」

そう話す老人は動くのもつらそうだ。

「僕にこの星の歴史を教えてもらえませんか」

僕は老人にこれまでのことを話した。なぜかわからないが、僕にやりたいことが見つかった。

『紙芝居』

そう、それが僕のやってみたいこと。

僕は色んな星を見てきて、初めて住んでみたいと思う星だった。

しかし、老人にそのことを話すと、

「ふざけるな!」

と、言ってその場を立ち去ってしまった。ただ、僕はやりたいことが見つかっただけなのに……

でもとてもうれしかった。

「僕のやりたいことは紙芝居だったんだ」

僕は急いで宇宙船に乗りこむと、すぐに星を出て自分の住んでいた星まで戻ることにした。

胸がどきどきする。はやる気持ちがおさえられない。

数週間後、僕は星に帰ってきた。

自分の星はさらに荒らされていて、もう誰も住めない状態だった。

しかし僕はそれを見て考える。考えたその先の答えが、この星の歴史を作ろうということだった。

僕は地面に座ると隣に蒼い花が咲いていた。つい笑ってしまう。

「ただいま」

僕はペンと紙を持ち、立ち上がった。

そして、この星『シズクマチ』をまた歩き始めるのだ。

7『じゃがたくら伝説』民話・原文のまま

雫石町役場の屋上より東南を見れば箱ヶ森、赤林山、毒ヶ森、万九郎森、南昌山、東根の山々が見える。この山々は紫波郡と岩手郡の県境をなす連峰である。毒ヶ森だけは雫石の山である。この森について昔話が伝えられている。

昔話によると、紫波の南昌山登山口の、鷹平という所に家が三軒あった。この三軒の家の男の人達が、夏ともなればマダの皮を剥ぐために来て、小屋掛けをして泊まりをして仕事をするのであった。このマダの木の皮は、ゴザ、畳表、ムシロを織る時に使う縦糸にするので毎年この毒ヶ森付近に来て仕事をするので山のことはよく覚えている人達であった。

この毒ヶ森から流れ出る小沢に毒沢という沢がある。三人の人がこの小沢の入り口に小屋をかけ仕事をしていた。

ある日のこと、一人の人は夕飯の支度をするため山から早くおりて来て米を磨くため沢に行ったら、なんとなんと見たこともない大きな岩魚が三匹おった。良い物が見つかった。一人一匹ずつ食べるのには都合が良いと思い、捕まえて串刺しにして焼いた。ご飯が出来上がる頃になったら、良い匂いがしてきたので、我慢が出来なくなったので、

「なに、俺の分だけ食ってやろう」

と思い、一匹を食べたがとても我慢出来なくなったので三匹ともみんな食べてしまった。喉が渇いてきたので沢に水を飲みに行った。あまり喉が渇くので、沢に口をあて水を飲み始めたがとうとう沢の水を飲み干した。この時、あとの二人が山から下りてきた。小屋に来てみたらご飯は出来ているが、人は見えない。不思議に思い大声を出して呼んだが、返事がないので沢に行ってみた。なんと驚いたことに、人間の姿ではない大蛇の姿となっていた。二

人は大声で、

「どうしてこんな様になった」

と聞いたら、

「こうこう、こういう訳だ」

と言われた。

「俺はこの姿では家に帰れない。雫石のお世話になっているからお前達だけで家に帰ってくれ。帰ったならわしの家にも知らせてくれ」

とのことで、二人は家に帰った。家に帰った二人が大蛇になった男の家に知らせたら驚いたが、どんな姿になったのか一目見たいので、山に行ってみたが姿が見えないので、家に戻った。大蛇になった男は、どうせ雫石のお世話になるのだから、まず矢びつ川を下りてみたが、良い場所が見あたらない。九十九沢川の下流まで来てちょいと南西を見たら良さそうなところがあるので、見て歩いてるうちに、足を滑らせて岩肌に背中をぶつけてしまった。起き上がって後ろを見たら、大蛇の形がついたので、これが自分の背中の形とすれば、こんな狭いちっぽけなところに入るわけにはいかないと思い。また毒ヶ森に戻り、山の上から雫石を見下ろした。だが、良い場所が見当たらないので、雫石を諦め、あてもない西の方へ立ち去ったとのことである。このときの足跡は、今も残っている。

毒ヶ森の毒沢より流れ出て、下流は館ヶ沢となって堀合神社で矢びつ川と落ち合っている大きな沢がある。この時から館ヶ沢にいる魚を食うなとの言い伝えが残っているが、不思議なことに魚はおろか、おたまじゃくし一匹いない沢である。川魚を放したこともあるが、未だカジカ一匹見た人がいない珍しい沢である。毒ヶ森から毒が流れているから魚は住めないと言う人もいるが毒物を発見した人もいない。魚のいない沢としては雫石はおろか県内でも珍しい沢である。

大蛇の男が背中を岩にぶつけた形は、九十九沢公民館の東向かいにある。今も形がはっきり見え、蛇形倉（じゃがたくら）という名前がついている。

8 『雫町ジュークボックス』エピローグ

あれ？　俺、確かバーにいたはずじゃあ……

意識を取り戻し最初に見た光景は。

何もない『空き地』だった。

俺は傘を開き歩き始める。

不思議な夢だった。

俺は何を見ていたのだろう。

ふとポケットの中に手を入れる。

ん？

中にあった物を取り出すと、それは一枚の硬貨だった。
俺はしばし立ち止まって硬貨を見る。
まあ、いいか。
再び俺は歩きだしていた。

掲載書籍

『始まりは雪のように』Ｊｉｇｓａｗ
『色づく人生をもう一度』僕らの青い物語１・２

この作品はフィクションです。実在の人物や団体などとは関係ありません。

あとがき

どうも、著者の杉村修です。

この度は『雫町ジュークボックス』を手にとってくださり、誠にありがとうございます。

今回の作品は、私の住んでいる岩手県の雫石町をモデルにした架空の町、『雫町』を舞台にした短編集です。

SFから民話まで幅広いジャンルを詰め込んだ作品に仕上がっております。

この『雫町ジュークボックス』構想は自分が小説家と名乗る前から思い描いていたもので、それをようやく実現できたという形です。

「雫石町を舞台にした小説ってあまりないよな〜」

そんな小さなきっかけから生まれた作品です。

これからも、雫石の作家「杉村修」をよろしくお願いいたします。

プロフィール

著者　杉村　修
小説家・SF作家。岩手県雫石町で生まれ、雫石町で育つ。

著書
『注文の多いカウンセラー』北の杜編集工房
『イーハトーブの風の音に』北の杜編集工房
『神話世界のプロローグ』マイナビ出版
『始まりのフェルメイユ』

個人サイト
『杉村修のホームページ』
ネット検索で出てきます。

奥付

雫町ジュークボックス
発行日　２０２０年１０月１日
著　者　杉村修
表　紙　kodaka-33
編　集　藤倉シュースケ
印刷・発行　有限会社ツーワンライフ
〒０２８－３６２１
岩手県紫波郡矢巾町広宮沢１０－５１３－１９
電話　０１９－６８１－８１２１